Copyright ©BubblesBooks, 2021
Autor: Pol L. Grau
Ilustación: Silvia Roma
Diseño y Maquetacón: Silvia Roma

ISBN:

Editorial Bubblebooks
www.bubblesbooks.com

Bubblesbook no autoriza la reproducción total o parcial de este libro
para fines comerciales.

CUENTOS PARA DARLE LA VUELTA AL MUNDO

¡BIENVENIDO!
¡BIENVENIDA!

A CONTINUACIÓN, TE ESPERAN CUATRO HISTORIAS INSPIRADAS POR LA CURIOSIDAD, LA SINCERIDAD, LA SOSTENIBILIDAD Y LA DIVERSIDAD. GRACIAS A ESTOS VALORES ACOMPAÑARÁS A UNAS NIÑAS Y UNOS NIÑOS HASTA PLANETAS LEJANOS, DOMARÉIS PELIGROSAS FIERAS, INTERRUMPIRÉIS IMPORTANTES REUNIONES DE MAYORES Y OS REBELARÉIS FRENTE A LA INJUSTICIA.
¿INCREÍBLE PARA SER SOLO UN LIBRO, VERDAD?
PUES, POR SI NO LO SABÍAS, LEER ES COMO MIRAR UN VÍDEO DE INTERNET, PERO EN TU MENTE, ¡INCLUSO MEJOR! YA QUE LO PUEDES HACER EL RATO QUE QUIERAS Y NADIE TE VA A ECHAR LA BRONCA. ¿NO ME CREES? HAGAMOS UNA PRUEBA. PRESTA ATENCIÓN: ES UN DÍA SOLEADO EN EL CAMPO. HAY UNA GRANJA ROJA CON UN MOLINILLO DE VIENTO. BIEN. TAMBIÉN HAY UN AVESTRUZ. UN AVESTRUZ CON UNOS PRISMÁTICOS QUE OBSERVA EL AMBIENTE. ¿QUÉ ESTARÁ MIRANDO? ¿A TI? ¡AH! ¡LO HAS ASUSTADO! ¿LO HAS VISTO? ¿CÓMO CORRÍA, EH? ¡PUES YA ESTÁS LISTO PARA DARLE LA VUELTA AL MUNDO!

LA PEQUEÑA TRIBU INTERGALÁCTICA DEL ESPACIO EXTERIOR

Un cuento para darle la vuelta a un planeta entero

Esta historia ocurrió muy, muy lejos de vuestra casa, ¡estoy seguro! Ni en la calle de al lado, ni en el pueblo de más arriba, ¡no, no! ¡Muuucho más lejos! Tan para allá, tan para allá, que ni siquiera pasó en nuestra galaxia, ¡imaginad la distancia! Allí, justo en el punto más oscuro del universo, había un pequeño asteroide que surcaba el espacio sideral.

No se trataba de un asteroide cualquiera ya que esa roca voladora era también el hogar de unas niñas y un niño. Sí, sí, habéis leído bien, ¡el hogar de unas niñas y un niño! Y se hacían llamar: «La Pequeña Tribu Intergaláctica del Espacio Exterior». ¿Vaya nombre, eh?

Estaba **RUFI**, la mayor de todas. Siempre llevaba una corona de plumas de colores y, sin duda, era la más sabia y paciente de todos.

—Compartamos la chuche de la paz — solía decir.

Luego estaba **BON-BON**, una experta en hacer chistes malos y que lucía unas elegantes gafas de sol.
—Me llamo Bon, Bon-Bon —acostumbraba a presentarse.

También estaba por ahí **RAMAN**, un genio matemático que siempre llevaba encima una libreta y lápices de colores.
—Las mates son el idioma de la naturaleza —aseguraba cada día.

Y para terminar ¡**NIL**, el bebé ninja! ¡El bebé más rápido del universo!

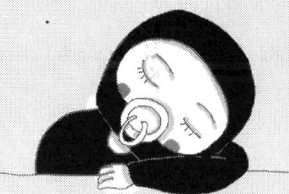

—ZZZZZ ZZZZZZ.
—echándose siestas, claro.

Vivían como una familia y siempre estaban listos para su próxima aventura. Su asteroide se propulsaba gracias a la energía de las Chispas de la Vida (o Chi-vi). ¿Y qué clase de combustible era ese? Pues se podría definir como la curiosidad por descubrir cosas nuevas. Así, cuanto más aprendían las niñas y el niño de esa tribu, ¡más lejos podían ir! Era fácil; si querían seguir viajando por el cosmos infinito, tenían que hacer paraditas aquí y allí para estudiarlo todo.

De todos sus viajes siempre guardaban un recuerdo y cada noche espacial encendían una hoguera para revivir sus mejores peripecias.

—¡Cuenta la del planeta Far West! —dijo Raman.

—No, esa está muy vista ¡Mejor la del planeta Prehistórico y el diente de monstrosaurio! —respondió Bon-Bon.

—Zzzzz —roncó Nil.

—Haya paz —calmó el ambiente Rufi —, ya sé cuál voy a contar ¡Voy a contar la aventura más épica y alucinante que hemos vivido jamás!

—¿La de ? — murmuró Raman.

—Sí, sí, esa misma —contestó la jefa.

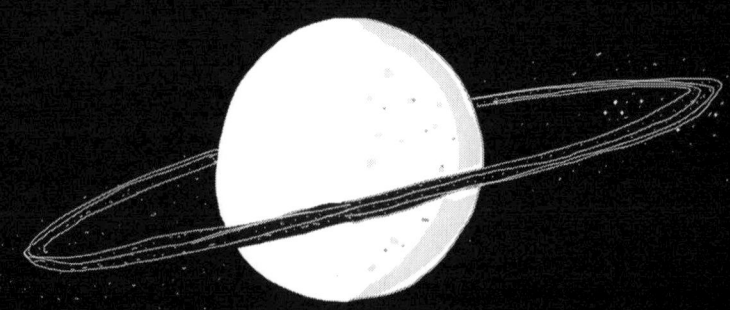

Se levantó y rebuscó entre el cofre para encontrar el objeto que se llevaron de souvenir de esa épica aventura, pero de pronto Rufi se cayó de culo al suelo. ¡El asteroide frenó de un sopetón! ¡Ahora iba super lento! ¿Qué había pasado?

—Informe de daños, Raman— pidió la jefa de la tribu.

—Ya no nos queda combustible —aseguró el niño matemático con su libreta llena de cálculos.

—¡El asteroide está funcionando con la reserva! —se alarmó la niña con gafas de sol.

—Haya paz —volvió a tranquilizarlos Rufi.

Con tantas historietas hacía ya muchos días que no paraban a repostar Chispas de la Vida. Tenían que aterrizar pronto en un planeta para saber cosas que todavía no sabían.

Raman desplegó el Gran Mapa Secreto del Universo e hizo unas operaciones matemáticas para ubicar su posición actual.

—¡Por todas las sumas! ¡Estamos en la Nebulosa Desconocida, Prohibida y Misteriosa!

¡Qué mala suerte tenían! la Nebulosa Desconocida, Prohibida y Misteriosa era un lugar inexplorado y lleno de peligros. ¡Pero no había tiempo que perder! O encontraban un planeta para aterrizar o se quedarían flotando en la nada por siempre jamás.

Rufi hizo mano de su viejo catalejo y divisó un planeta de color gris, no demasiado grande, pero tampoco demasiado lejos.

—Los he visto mejores —mostró sus dudas Bon-Bon.

—¿Qué hacemos, Rufi? —preguntó Raman.

—Como no sabemos si vamos a encontrar algo más en mucho tiempo, yo digo ¡sí! ¡Vayamos! ¿Quién está conmigo?

Y todos levantaron la mano para mostrar su apoyo, menos el bebé ninja que justo se acababa de dormir.

—Tres contra uno, la tribu ha hablado. ¡Nos vamos de aventuras al planeta gris! ¿Quién conduce?

—¡Yo, yo, yo! —gritaban Bon-Bon y Raman a la vez.

Y como Rufi vio que no se ponían de acuerdo, se sentó ella en la silla de mando para pilotar el asteroide que, en realidad, era mucho más sencillo de lo que podría parecer. Solo había que sentarse en una silla y decirle dónde querían ir. Era como si ese trozo de roca estuviera vivo y los pudiera escuchar. ¡Dicho y hecho! Cambiaron el rumbo y se dirigieron a ese planeta grisáceo a paso de tortuga.

—¿Será el planeta de la Ecuación Imposible? — especuló Raman.

—No, no, yo creo que es ¡El planeta Bobalicón Cinco! — pensó en voz alta Bon-Bon.

—¿Habrá vida inteligente? — murmuró la jefa

A medida que se acercaban, más y más nerviosos estaban. ¿Qué se encontrarían esta vez? Al ser una zona desconocida, prohibida y misteriosa del mapa, ¡era un gran riesgo adentrarse en ella!

—¡Ciudad a la vista! — anunció Rufi.

—Te digo yo que serán zombis —Bon-Bon aportó su visión al respecto.

—Que va, seguro que son muy inteligentes y aprendemos mucho —le respondió Raman con ilusión.

"POP-POP-POP" Haciendo el mismo ruido que hacen las pompas de jabón al explotar, el asteroide finalmente consiguió tocar tierra inexplorada. La Pequeña Tribu Intergaláctica del Espacio Exterior dio un pequeño paso al frente que fue un gran paso para ellos.

Su misión estaba clara: observarlo todo con curiosidad y aprender tantas cosas como pudieran.

Al terminar, se lo explicarían todo al asteroide y lo llenarían con Chispas de la Vida. Pero, aunque tuvieron clara la misión, Rufi no se olvidó de recordarles la Normasuperimportante.

—Es súper importante que no interfiramos en las costumbres de este sitio. Eso quiere decir que hemos de dejar el planeta igual que cuando lo encontramos, ¿entendido?

—¡Sí! —respondieron al unísono.

—No quiero líos, como lo que pasó en el planeta Colchón.

—Fue Bon-Bon la que empezó a saltar.

—¡Mentira fue el bebé ninja!

—Zzzz

—¡Lo ves!

Después de discutir durante siete segundos empezaron a andar y en un pispás se plantaron delante de la ciudad.

Se habían imaginado mil y un peligros peligrosos pero la primera impresión fue más bien un poco triste. Mira que a lo largo de sus aventuras vieron casas bonitas, como las cabañas del planeta Tropical, hechas con hojas de palmera. O las casitas de galletas del planeta Gretel, pero esos edificios no parecían comestibles. Eran altos como tres pinos, de cemento y con unas ventanas pequeñas, pequeñas, pequeñas.

—Vimos casas más bonitas en el planeta Gusanos.

—Es matemáticamente imposible vivir en ellas.

—¡ALERTA! —alertó Rufí — ¡EL PRIMER CONTACTO!

A un paso bastante rápido se acercaba un extraterrestre de ese planeta. No tenía ni tentáculos, ni antenas, ni nada de especial. Era solo un hombre sin mucho pelo que vestía con un traje oscuro. Pero sí que llevaba una cosa que les llamó la atención.

—¿Qué es eso?
—¿Un cristal?
—¿Un espejito?

Ese extraterrestre, pese a tener dos ojos, no los apartaba de una pantallita que sostenía en la mano. Estaba tan concentrado que ni se fijó en los niños y los pasó de largo. Ellos respiraron aliviados ya que querían pasar desapercibidos y no molestar. Al poco rato, por la otra acera, vieron pasar un extraterrestre muy parecido al anterior y que tampoco apartaba la mirada de su artilugio. Y luego pasó otro, y luego otro y otro y otro ¡Y ninguno sin su pantallita!

—Os lo dije, está habitado por zombis—corroboró su teoría Bon-Bon.

—Hay mucha gente, pero parece que todos están solos —reflexionó Rufi.

—Van exactamente a la misma velocidad constante— dijo Raman con su libreta de cálculos —¡Así nunca se cruzarán entre ellos!

Aunque era de lejos la aventura más aburrida que habían vivido jamás, decidieron seguir a hurtadillas a uno de esos alienígenas para ver qué hacía en su día a día.

Caminaba mientras miraba la pantallita. Luego entraba en un edificio gris para sentarse en una silla y seguir mirando la pantallita. Luego se ponía de pie y volvía a la calle mirando la pantallita. Y, finalmente, entraba en otro edificio y se estiraba en un sofá para seguir mirando. Exacto: ¡la pantallita!

—Menudo mueeeermo—Bon-Bon se empezaba a

cansar de siempre lo mismo — yo quiero estudiar cosas interesantes, como la vez que fuimos al planeta Flatulento.

—¡Uy sí! Que aprendimos el origen de las pedorretas— recordó Raman.

—¡Esa sí que fue una aventura explosiva!

El bebé ninja puso un ejemplo sonoro de lo aprendido en ese mítico viaje mientras se echaba un sueñecito.

—Haya paz. Seguro que hay cosas muy curiosas por ahí, sigamos investigando.

Y siguieron el paso a Rufi que no se daba por vencida. No muy lejos de allí, en una esquina, había un edificio que era diferente al resto y se acercaron a ver. Había un gran escaparate y dentro la gente comía unas cosas en unas mesas pequeñitas. ¡Un restaurante!

Los niños se amorraron al cristal para poder observar mejor que engullían esas gentes. Era una pasta de color verdoso que estaba servida en una bandeja de plástico, que a su vez estaba dentro una caja de cartón.

—¿Os acordáis del planeta Comedor Escolar? — dijo la niña bromista.

—¡Uy sí! Que dolor de barriga —respondió el pequeño matemático.

—Pues creo que allí se comía mejor.

Lo más impresionante de todo es que ninguno de los extraterrestres dejaba nunca de mirar su trasto brillante. ¡NI ZAMPANDO! Ya podía ser ese mejunje verde, azul o multicolor, ¡nunca lo sabrían! ¡Tragaban sin mirar!

—Con estos muermos no sé si conseguiremos mucha Chivi — la desilusión de Bon-Bon era palpable.

—Pues quizás tienes razón — Raman hizo unas sumas que confirmaban su teoría.

—Esperad, ¡hay una cosa que todavía no hemos visto! ¡Niñas y niños! —la jefa no perdía la esperanza.

—¡Es verdad! ¡Son los más divertidos y curiosos de todos los mundos!

—Menos los del planeta Caníbal — puntualizó Bon-Bon.

—No, esos no fueron divertidos — hizo que no con la cabeza Rufi.

Y anduvieron para arriba y después para abajo y siempre se encontraban con lo mismo: edificios de color gris y gente extraterrestre que no dejaba de mirar su maquinita, ¡ni para ir al baño! De vez en cuando un restaurante por allí o por allá, pero ni rastro de la alegría de las niñas y los niños. Ya casi se daban por vencidos hasta que oyeron

un timbre y corrieron para ver que era.

¡Un colegio! Y no solo había un niño, había decenas o más.

—¡Os lo dije! Ahora, atentos, ¡seguro que nos sorprenden!
     Y se quedaron en silencio observando el comportamiento de esos jóvenes extraterrestres.

—Un momento ¿Silencio? ¿En el patio? No me salen los cálculos

—¿No se supone que los recreos son más ruidosos que el planeta Altavoz?

—Zzzz —al bebé ninja le pareció bien esa tranquilidad.

—Sigamos investigando

     Pero esos mini extraterrestres eran incluso más sosos que los mayores. Se quedaba cada uno por su lado, pasmados e hipnotizados por esa cosa,

¡INCLUSO EN LA HORA DEL PATIO!

—¡Se acabó! —dijo Bon-Bon— voy a ver qué hay dentro de esas dichosas pantallitas.

—No Bon-Bon, ¡recuerda la Normasuperimportante!

—¿Qué más da Rufi? Si nos saltamos siempre...

—A lo mejor tienes razón —dudó la jefa.

—La tiene, la tiene. El noventa y nueve coma nueve por ciento de las veces nos la saltamos— aportó Raman sus datos.

Y sin decir nada a nadie, Bon-Bon saltó al patio del recreo y el resto le

siguieron detrás. Se acercaron de puntillas a una niña extraterrestre que miraba su pantalla en soledad.

—Hola, venimos en son de paz —saludó Rufi a la niña.

Pero ni caso, la extraterrestre estaba demasiado concentrada moviendo el dedo por su objeto de cristal.

—¿Hola, hola, hay alguien ahí? — Rufi insistió.

—Nada, no responde. Tendremos que pasar a la acción.

Al final Bon-Bon le quitó ese chisme de las manos lo más rápido que pudo y la tribu hizo un corro para descubrir, al fin, que había dentro.

—¡Déjame ver, déjame ver! —Bon-Bon estaba muy alterada.

—¡Uala! —se sorprendió Raman.

—Pues no hay para tanto — se decepcionó Rufi.

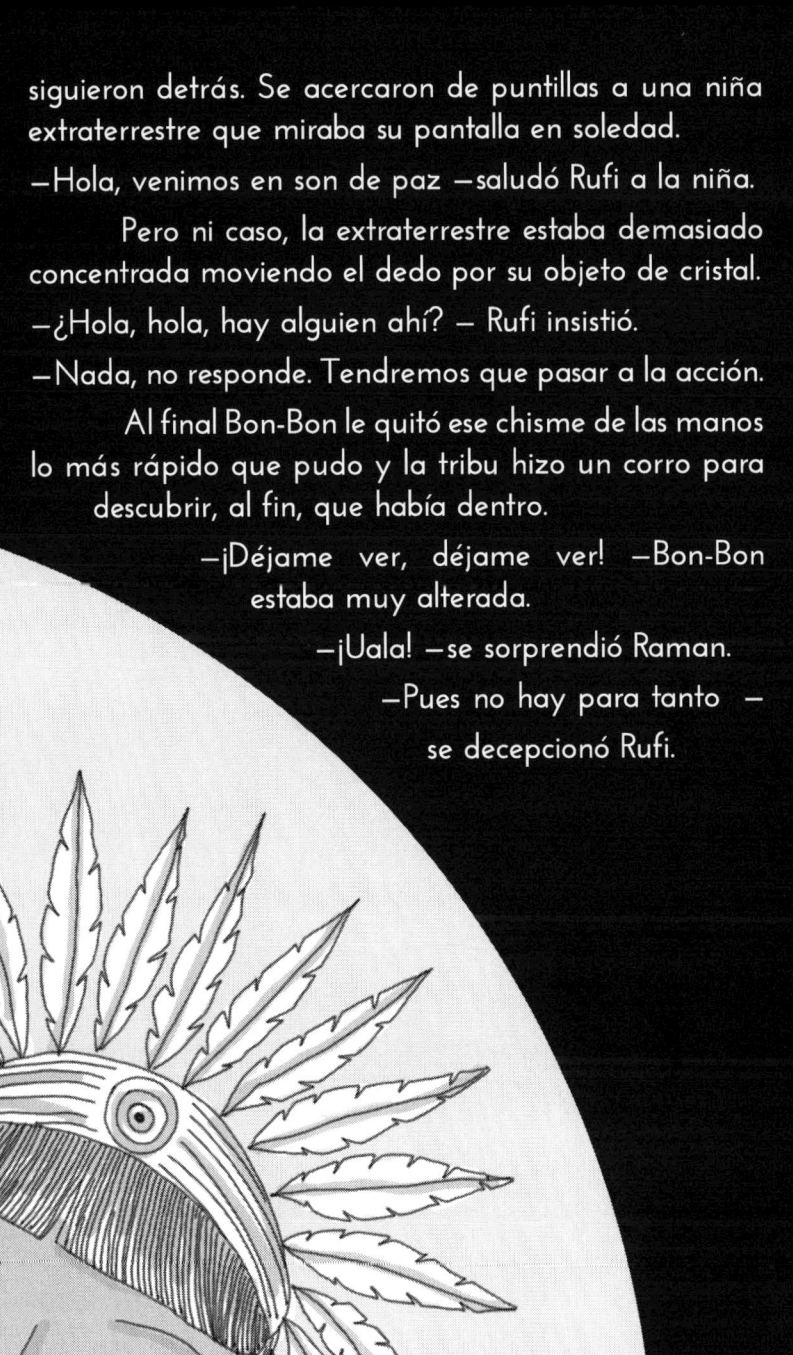

Estaban tan distraídos mirando ese cristal luminoso que no se dieron cuenta que la niña extraterrestre se acercaba a ellos señalándolos con el dedo, pero no parecía que quisiera hacerles daño exactamente. Empezó a deslizar su dedo por la frente de Rufi.

—¿Te está atacando, jefa? —se alarmó Raman.

—No, se piensa que soy una pantalla.

Y poco a poco, el resto de las niñas y niños extraterrestres del recreo se aproximaron a toquetear esas nuevas pantallas con patas que habían aparecido en el patio de la escuela.

—¿Estamos interfiriendo en sus costumbres?

—No estoy segura la verdad.

—¡Agu-gu gaga! —Con tanto manoseo, Bebé Ninja se despertó y ahora estaba de muy mala uva.

—Nil tiene razón. A la de tres, una carrera al asteroide.

¿De acuerdo?

—¡Pero si no hemos aprendido nada!

—¡Claro que sí! Una curiosidad, aunque sea aburrida, ¡sigue siendo una curiosidad!

Y después de oír el «tres» se fueron pitando para evitar poner patas arriba otro planeta. Pero antes de irse, y sin que nadie se diera cuenta, el bebé ninja robó la libreta y los colores de Raman y los lanzó en medio del patio de la escuela. Fue su venganza por despertarle de su siesta.

La Pequeña Tribu Intergaláctica del Espacio Exterior llegó a toda prisa al asteroide y la primera en sentarse en la silla de mando fue Bon-Bon.

—Yo he aprendido que en el planeta Pantalla puedes cambiarle la cena a alguien por un plato de moscas y no lo notaría. ¡Incluso podrían desayunar galletas invisibles y no se darían cuenta! Te Toca Raman.

—Yo he aprendido que en el planeta Pantalla podría dejar una chincheta en el suelo y que nadie, nunca, jamás, la pisaría ni en un millón de años. ¡Siempre caminan por el mismo sitio y a la misma velocidad! Te toca Rufi.

—Yo he aprendido que en el planeta Pantalla los jóvenes se esconden en una burbuja imaginaria para jugar al juego del silencio. ¡Y siempre ganan todos! Te toca Nil.

—Zzzzz —El bebé ninja se estaba echando una cabezada.

Y después de escuchar todas esas curiosidades, el asteroide despegó a la velocidad del rayo en busca de nuevas aventuras.

—¿Os parece bien si lo bautizamos como el planeta Pantalla? —propuso la jefa.

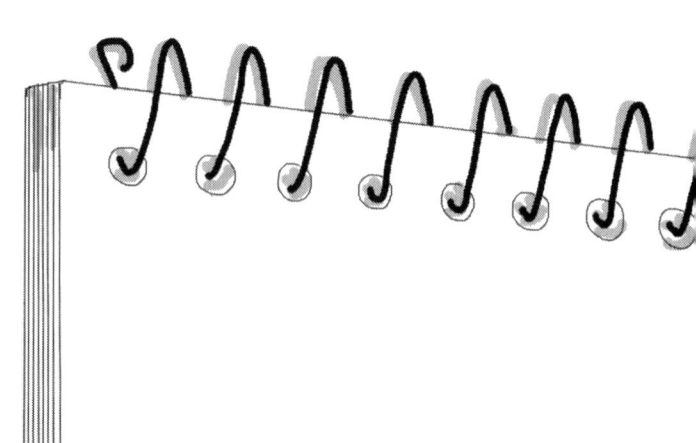

—Me parece un nombre muy adecuado — corroboró el matemático.

—¿Planeta Pantalla? ¡Planeta Muermo diría yo! —se quejó Bon-Bon mientras se alejaban de aquel lugar.

—Ya, ni siquiera nos llevamos un recuerdo —se lamentó Raman.

—Yo no hablaría tan deprisa — aseguró Rufi.

La jefa se sacó del bolsillo uno de esos cacharros ante los ojos maravillados de sus amigos.

—¿Te la llevaste? —se preocupó el niño.

—No, no, la tenía el bebé ninja, lo prometo.

Y se acercaron a ese cachivache para estudiarlo en profundidad.

—¿Será sumergible?

—¿Se dobla?

—¿Se funde?

—¿A ver que hay dentro?

Y entre un mar de preguntas, toda la tribu empezó a trastear esa cosa mientras se alejaban de ese planeta gris que, así en la distancia, parecía tranquilo, pero de cerca quizás no lo era tanto.

Pues el "regalo" que dejó allí Bebe Ninja estaba a punto de cambiarlo todo.

En el patio, la niña extraterrestre que perdió su dispositivo móvil recogió del suelo la libreta por equivocación. Deslizó el lápiz rojo sobre el papel y al ver el resultado quedó extrañada. Luego lo intentó con más colores: el rojo, el rosa, el turquesa; dibujar esas rayas despertó algo en ella. Al final descubrió que incluso podía pintar en el suelo. Así que lanzó volando el bloc de notas y se puso a dibujar flores en el cemento. Casualmente, la libreta aterrizó en la palma de la mano de un niño que se llevó tal golpe que perdió su chisme. Confundido, agarró la libreta y la empezó a toquetear toda. Una de las hojas se arrancó y con ella se fabricó una divertida

corona de príncipe. Lanzó el cuadernillo por ahí y se puso a galopar con un caballo imaginario.

Como si fueran unas piezas de dominó, las niñas y los niños extraterrestre dejaron caer su pantallita y empezaron a mirarse los unos a los otros. Era solo una libreta y unos lápices, pero le encontraron mil y una utilidades diferentes: hacer barquitos, máscaras, peinados, dibujos, poemas, muñequitos recortables, pintar en todas partes. Y así, ese planeta rompió su silencio por primera vez para dar paso a las carcajadas, a la alegría y, sobre todo, a mirar al mundo con curiosidad.

LA ROCA DE LOS DESEOS

Un cuento para darle la vuelta a las mentiras

¿Cómo sería vivir en una casa encantada? Una inmensa y muy antigua. Rodeada por un jardín de truculentos árboles y con unos columpios chirriantes. Con el espíritu de una pirata merodeando en el desván y un alienígena verde viviendo en el garaje. ¿Qué miedo, no? Pues bien, así era la casa de Max, el niño de siete años que la habitaba.

A Max, desde siempre, le gustaba jugar solo. Con el tiempo, eso hizo que desarrollara una imaginación prodigiosa. Le dabas un vaso de plástico y un cordel y con eso vivía mil aventuras. ¡No necesitaba más! Por eso, cuando se mudó a esa casa alucinó en colores.

Cómo os podéis suponer, cuando se habla de cosas embrujadas siempre suele haber una explicación razonable detrás. Para empezar, Max no vivía solo. También estaban su madre, su hermano y el gato Marrameu. Pero a decir verdad su madre trabajaba mucho y algunas tardes los dos hermanos se quedaban solos con el gato. Por eso, Ian, siete años mayor, siempre los cuidaba hasta que ella volviera de la oficina.

Y ahí es donde empieza la explicación razonable de esta casa encantada. Como Ian se aburría de hacer de niñera, le empezó a contar un montón de cosas que tenían al pequeño maravillado.

Al principio eran bromitas para pasar el rato:

—Hace cien años la casa perteneció a una pirata que guardó un tesoro en el desván. Por eso tenemos prohibido subir.

—¿Pirata? Uala.

Después exageraciones para parecer más fuerte:

—Una vez di **CIEN** vueltas de campana en el columpio del jardín.

—¿Cien? Uala.

También por qué no sabía que contestar:

—Mami llega tarde porqué es agente secreto del gobierno y nos protege de la invasión alienígena.

—¿Aliens? Uala.

Y ya al final para tomarle el pelo y reírse de él:

—Si le pones tanta comida a Marrameu, engordará, engordará, ¡y se convertirá en una pantera!

—¿Pantera? Uala.

Como nunca le dijo que todo eso eran mentirijillas de guasa, Max creció pensando que su hogar era un lugar lleno de misterios. Como podéis ver, la casa podría dar un poco de miedo, sí, pero solo estaba encantada en su imaginación. Y ese niño tenía mucho de eso.

Como su hermano era siete años mayor, pues claro, cada cual iba mucho a lo suyo. Por eso, cada vez que Max andaba por ahí solo con sus cosas y escuchaba un ruidito, solo podía encontrar explicaciones increíbles: ¿Fantasmas? ¿Extraterrestres? ¿Leones? Llegando a pasar miedo muuuchas veces.

Pero, de entre todas las historias que le explicó Ian, una le tenía más fascinado que el resto. De hecho, fue la primera de todas, casi al principio de mudarse al caserón, cuando él todavía tenía seis años y el jardín era territorio inexplorado.

—Ves, allí, entre esos dos arbustos —Señaló Ian.

—Sí —dijo Max achinando los ojos para ver mejor.

—¿Parece una roca normal, sí? Pues es la roca de los deseos.

—¿La roca de los deseos? Y... ¿cómo, cómo funciona?

—Muy fácil.

Se acercó a los arbustos y se alejó de ellos con tres grandes pasos.

—Primero te alejas tres pisadas de elefante.

Después se arrodilló, agarró tres piedritas del suelo y se las mostró.

—Ves, solo tienes tres intentos. Debes conseguir que la piedrecita toque la punta de la roca.

Al terminar, se dio unos golpecitos en la frente con el dedo.

—Pero antes piensa un deseo. Importante este punto, ya que solo se puede pedir uno por día.

Miró a ambos lados y vio de lejos que su madre se acercaba con la merienda.

—Y cuando ya sabes lo que quieres — Cargó sus pulmones de aire y dijo — ¡Deseo merendar ahora!

Lanzó con una puntería muy fina y la piedra pasó entre los dos arbustos hasta tocar justo en la punta de la roca

—**¡SÍ! A LA PRIMERA** —Levantó el puño.

Y justo en ese momento apareció su madre con unos bocadillitos y unos zumos. A Max se le quedaron los ojos como dos naranjas.

—Venga, a merendar—informó ella.

¡Su deseo se acababa de hacer realidad! ¡Delante de sus narices! Desde aquel día Ian se ganó toda la credibilidad del mundo. Además, Max se quedó tan sorprendido que cada mañana intentaba pedir uno. El problema era que, hasta el momento, nunca había acertado en ninguno de sus tres intentos.

En defensa de Ian, diremos que al principio esas "mentiras" tenían su gracia. Las ideaba con mucho cariño para que su hermanito estuviera feliz. Pero a medida que su madre fue ausentándose por las tardes las decía con más y más malicia. Hasta que al final Max creyó que la casa estaba embrujada.

Pero hubo un engaño que lo cambió todo. Fue una tarde de hace poco, que Max le apetecía jugar a la videoconsola e Ian la quería para él y nadie más.

—¿Puedo? —pidió permiso Max, amablemente.

—Mmmm, bueno está bien, pero con el segundo mando —aceptó Ian a regañadientes.

—¡Gracias! —Y agarró el mando dos y pulsó todos los botones.

—¿Lo ves? ¡Eres buenísimo!

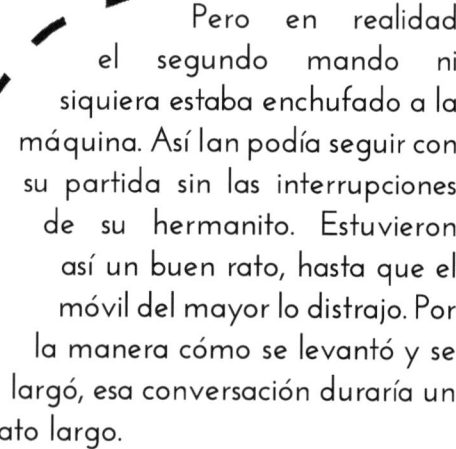

Pero en realidad el segundo mando ni siquiera estaba enchufado a la máquina. Así Ian podía seguir con su partida sin las interrupciones de su hermanito. Estuvieron así un buen rato, hasta que el móvil del mayor lo distrajo. Por la manera cómo se levantó y se largó, esa conversación duraría un rato largo.

—¡Genial! ¡La consola para mí! — pensó Max en voz alta.

Era la primera vez en siglos que podía jugar él solo. ¡Qué nervios! ¡Qué nervios! ¿Qué juego poner? Se acercó a la consola para cambiar el cartucho y se dio cuenta que el mando dos no estaba conectado. Eso le provocó una gran duda existencial: él solo jugaba con el mando dos ¿Y si siempre había estado así?

¿Y si en realidad no era tan bueno como decía Ian?

¿Y SI NUNCA HABÍA JUGADO A LA CONSOLA DE VERDAD?

Al principio, estaba hecho una furia, ¡a nadie le gusta que le embauquen! Después recordó tooodas las historias increíbles que le había contado Ian, y, por primera vez, se dio cuenta que algo no cuadraba. Su hermano era un embustero total. ¡Se pasó tanto tiempo creyendo que su madre quizás escondía un alien en el garaje! ¿Y el pobre Marrameu? Siempre le quitaba su plato a medias porque le daba pánico que se convirtiera en una fiera. ¡Se había pasado de la raya! Lo lógico y normal hubiera sido ir a pedirle explicaciones directamente, pero Max quería darle un buen escarmiento.

—Si todas sus mentiras se volvieran verdad—murmuró para sí mismo —, ¡seguro que sería el primero en huir aterrorizado!

Y eso le dio una idea. Se fue hasta el jardín y agarró tres piedritas del suelo. Luego se acercó a los arbustos y se alejó de ellos tres pasos de elefante exactos. Se tocó la frente y pensó muy fuerte un deseo.

—¡DESEO QUE TODAS LAS MENTIRAS DE IAN SE CONVIERTAN EN REALIDAD!
— lanzó la piedra.
¡Y le dio de lleno! ¡A la primera y por primera vez en la historia!
¡QUÉ EMOCIÓN!

Pero, ¿qué pasaría ahora? Fue corriendo hasta la cocina para hacer una comprobación. Allí estaba Marrameu rebañando los restos de su bol a lengüetazos. Max se apresuró en llenarle de nuevo el plato y le animó a engullirlo todo.

—Venga, bolita, conviértete en una pantera o un tigre.

Pero no ocurrió eso, el gato simplemente se zampó su ración extra y se echó panza arriba para que le rascara la barriga. Mientras le acariciaba, Max reflexionó un poco. Si las mentiras ahora eran verdad y eso no había funcionado ¿significaba que era de verdad, de verdad? ¿O no? ¡Menudo lío! De saber que acertaría a lo mejor hubiera pedido otro deseo más práctico, como un flan de postre.

Y de pronto su cerebro hizo *click y entendió qué ocurría allí. ¡Hasta la roca de los deseos era una farsa! ¡Vaya bobo! Siempre pensó que eso SÍ era posible. Se sintió un poco triste y tonto, pero de algún modo también se hizo un poco mayor de golpe. Más calmado, se armó de valor y fue a la habitación de los juegos para hablar con su hermano. Había llegado el momento de conocer toda la verdad.

Abrió la puerta y allí estaba Ian enganchado a la consola. Max se sentó a su lado, dispuesto a tener una conversación honesta, pero en ese momento el hermano mayor solo tenía ojos para la pantalla. Tendría que enfocarlo de otro modo.

—¿Puedo? —preguntó Max.

—Claro, pero con el segundo mando.

　　　　Max suspiró y agarró el segundo mando. Se dispuso a dar su discurso, pero al apretar los botones notó que algo iba raro ¡Ahora sí que jugaba de verdad! ¡Y lo hacía muy bien! Un salto por ahí, una bola de fuego por allá y

—¡He ganado, he ganado! — Max dio un bote de felicidad.

—¿Có-cómo es posible? — balbuceó Ian.

　　　　Se apresuró a comprobar si el mando seguía desconectado y, efectivamente, SÍ lo estaba. Ian se quedó completamente desencajado y Max soltó una sonrisilla pilla.

—¿Qué, echamos la revancha? —le desafió.

—No, no. Uy, ¡que tarde! — Y justo llamaron al timbre

—Mira, la puerta. Voy a ver, y tú, quédate aquí.

Ian se fue corriendo a ver quién llamaba y Max le siguió a hurtadillas. Como tenían prohibido abrir a desconocidos, primero miró por la mirilla. Eran un hombre y una mujer vestidos con un elegante traje negro y unas gafas de sol. La mujer sostenía una caja.

—¿Quién es? —preguntó prudentemente Ian.

—Nuestra identidad es secreta y confidencial —contestaron desde el otro lado.

—Tenemos prohibido abrir a vendedores, así que fuera— replicó el chico.

—No somos vendedores, somos agentes del gobierno.

—Pero ¡shhhh! ¡Es un secreto! —añadió la otra.

—¿Qué quieren?

—Traemos un envío especial para vuestra madre.

—No está y no sé cuándo vendrá —contestó Ian un poco enfadado.

—Entonces lo dejamos aquí. Encárguese usted de entregárselo. Es de vital importancia para la seguridad del planeta. ¿Lo hará? ¿Verdad?

—Sí, sí, prometido.

Los agentes se fueron dejando la caja en la entrada. Acto seguido, Ian abrió la puerta y la entró dentro. Se trataba de una caja bastante grande pero que pesaba muy poco. ¿Qué escondería dentro? La curiosidad carcomía al chico por dentro, así que se fue rápido a la cocina para abrirla y Max se apresuró a seguirlo.

—¿Eran agentes secretos? ¿Qué es esa caja? - preguntó Max

Ian pasó completamente de él y agarró unas tijeras para cortar la cinta adhesiva que mantenía la caja cerrada, pero no avanzó ni cuatro pasos y algo le dejó helado. Era una silueta monstruosa que se acercaba desde la cocina dando zarpazos.

—¡PANTERA! —chilló Ian con todas sus fuerzas.

Max se asomó para ver qué pasaba y su hermano huyó a toda pastilla. Sin ni mirar a dónde iba, subió por las escaleras y se cerró a cal y canto en el desván. ¡Había dejado a su hermanito solo! En el otro extremo del pasillo estaba Marrameu, pero ahora era una bestia, con grandes colmillos y afiladas garras.

¡IMPOSIBLE! El gato fiera miró al humano pequeñito y se fue corriendo hacia él. ¡Era el fin de Max!

Pero el felino solo quería que le rascaran la barriga como siempre. El niño respiró tranquilo ya que, al fin y al cabo, era su gato mimoso de toda la vida. Aunque no estaba mal tener eso de mascota, le costó un poco digerir todo aquello.

Después de darle unas vueltas ya no le quedaba ninguna duda: ¡su deseo se había hecho realidad! De algún modo lo había conseguido, pero no había tiempo para explicaciones científicas. ¿Cuántas mentiras le había contado Ian? ¿Qué pasaría, ahora?

—¡Oh no! ¡La pirata del desván! —exclamó Max.

Y se fue corriendo hasta allí, pero cuando consiguió abrir la puerta vio algo muy diferente a un peligro. ¡Su hermano acababa de encontrar un valioso tesoro! Max fue hacia allí para comprobarlo con sus propios ojos: era un cofre de vieja madera, copado hasta arriba de monedas y medallones de oro. ¡Había tanto que hasta brillaba! Ian estaba tan hechizado que ni recordaba la pantera.

—¡Ahora me podré comprar la nueva Playtrolendo X!

—A Ian le salían chiribitas doradas de los ojos.

—Ian, ¿qué no lo entiendes? ¿Y si aparece el espíritu de la pirata?

—¿Pirata? ¿Qué dices? ¿No lo ves? ¡Somos ricos!

—Ya, pero verás. —trató de explicarse.

Ian no lo escuchó y se llenó los bolsillos hasta los topes de tesoro. Pero al poco rato se empezó a escuchar el sonido de unas tenebrosas pisadas rascando el suelo. Entre la penumbra se vislumbró un esqueleto con una pata de palo y un garfio por mano. Llevaba un parche en el ojo y lucía un gran sombrero con una calavera dibujada. ¡Era la pirata del desván! Los dos niños se quedaron titiritando.

—¿Quién osa profanar mi tesoro? —dijo con una voz atronadora.

Desenvainó su sable de pirata y señaló a Max. Pero, se lo repensó y después apuntó a Ian.

—**TÚ.** ¿Has sido tú el que ha puesto sus sucias manos en mi tesoro?

—No, ¿yo? No, que va, que no.

Y justo al terminar esas últimas palabras ¡**CRAAAACK**! Sus bolsillos se desgarraron y cayeron un sinfín de monedas de dentro. *Clinc *clinc *clinc *clinc La pirata resoplaba mientras Ian trataba de mantener una sonrisa como podía.

—Sobre esto . —intentó disimular el hermano mayor — antes de que se me acuse falsamente, si se me permite decir una cosa ¡**CORRE MAX! ¡POR TU VIDA!**

Recogió del suelo tantas monedas como pudo y se fue de allí por patas. Max y la pirata se quedaron como un pasmarote.

—¿Siempre es así? —preguntó ella.

—Eso parece —contestó un poco triste el niño

—¿Le doy una lección? —propuso ella.

—Sí, se la merece.

Y la pirata huesuda salió despegando como un torbellino para atrapar al chico mentiroso. Max se quedó quieto por unos instantes, pero reaccionó y aceleró al máximo para alcanzarlos. Bajó las escaleras a toda prisa y se encontró a su hermano en esquina de la cocina. Estaba hecho una bolita dentro de su camiseta. Marrameu pantera y la pirata lo asustaban con rugidos y golpes de espada. ¡Lo estaban poniendo todo patas arriba! Max se acercó para ver qué tal estaba y calmó un poco el ambiente.

—Max por favor, ¿qué está pasando? —Ian sacó la cabeza de la camiseta cual tortuga.

—¡Silencio! —espetó la pirata.

—De-de acuerdo —La volvió a esconder.

—Como puedes comprobar —continuó ella—, tus mentiras dan miedo de verdad. Pues algunos se las creían de par en par. Ahora, si quieres volver atrás, la roca de los deseos tendrás que usar.

—¿Por qué habla como rimando?

—¡Ian presta atención! —le regañó su hermanito.

La pirata carraspeó y siguió con su lección.

—¡Nunca más vas a mentir! Ese deseo a la roca le vas a pedir. ¿Entendido?

—Voy, lanzo una piedrita y pido el deseo. Sí, me acuerdo. Todo entendido.

Pero no hizo ningún caso y se fue a grito de: "**¡CORRE POR TU VIDA MAX!**". Salió al jardín, pero como andaba como pollo sin cabeza se tropezó contra el columpió y empezó a dar vueltas y vueltas como una lavadora.

—¡Auxilio! ¡Auxilio!

Hiciera lo que hiciera no podía dejar de dar vueltas de campana como en su mentira. Al poco rato llegaron la pirata, Marrameu pantera y Max y se quedaron mirándolo.

—¿Qué dijiste? ¿**CIEN** vueltas? —se rio Max.

—No te metas conmigo, ¿no ves que necesito ayuda?

—Entonces, ¿Lo harás? ¿Desearás no decir más mentiras?

—¡Sí, sí, lo que tú quieras! Tú tira la piedra y yo pido el deseo.

Max se arrodilló y seleccionó las piedras al azar.

—A la de tres, ¿Eh? Una, dos y Tres —dijo Max.

—¡Deseo no decir más mentiras! —chilló Ian.

El pequeño lanzó la piedrecita, rebotó contra el culo de su hermano y después salió disparada justo hasta el ojo de la pirata.

—*Glups —Max tragó saliva.

—Voy a vomitar —anunció Ian después de cincuenta y tres vueltas.

Max se preparó para el segundo intento...

—Una, dos y ¡TRES!

—¡Deseo no decir más mentiras!

La piedrita rebotó en la rodilla de Ian, salió despedida hasta el cielo y, como por arte de magia, tocó la roca de los deseos. De pronto, el columpio se frenó en seco y el chico aterrizó en el suelo levantando una nube de polvo.

—**¡LO HEMOS CONSEGUIDO!** —se alegró Max.

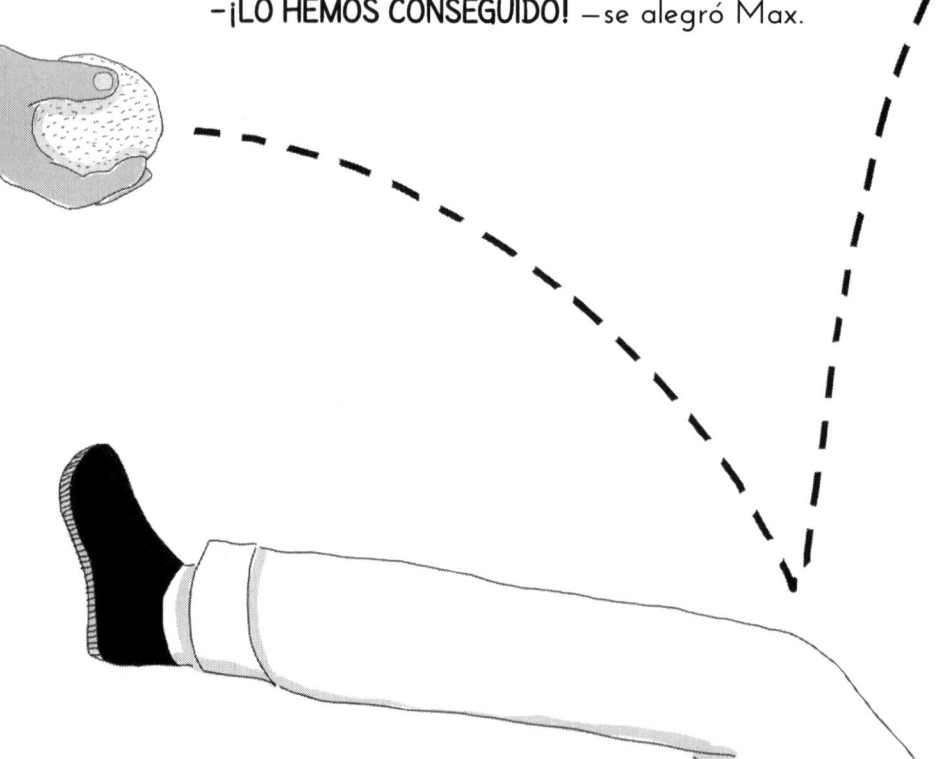

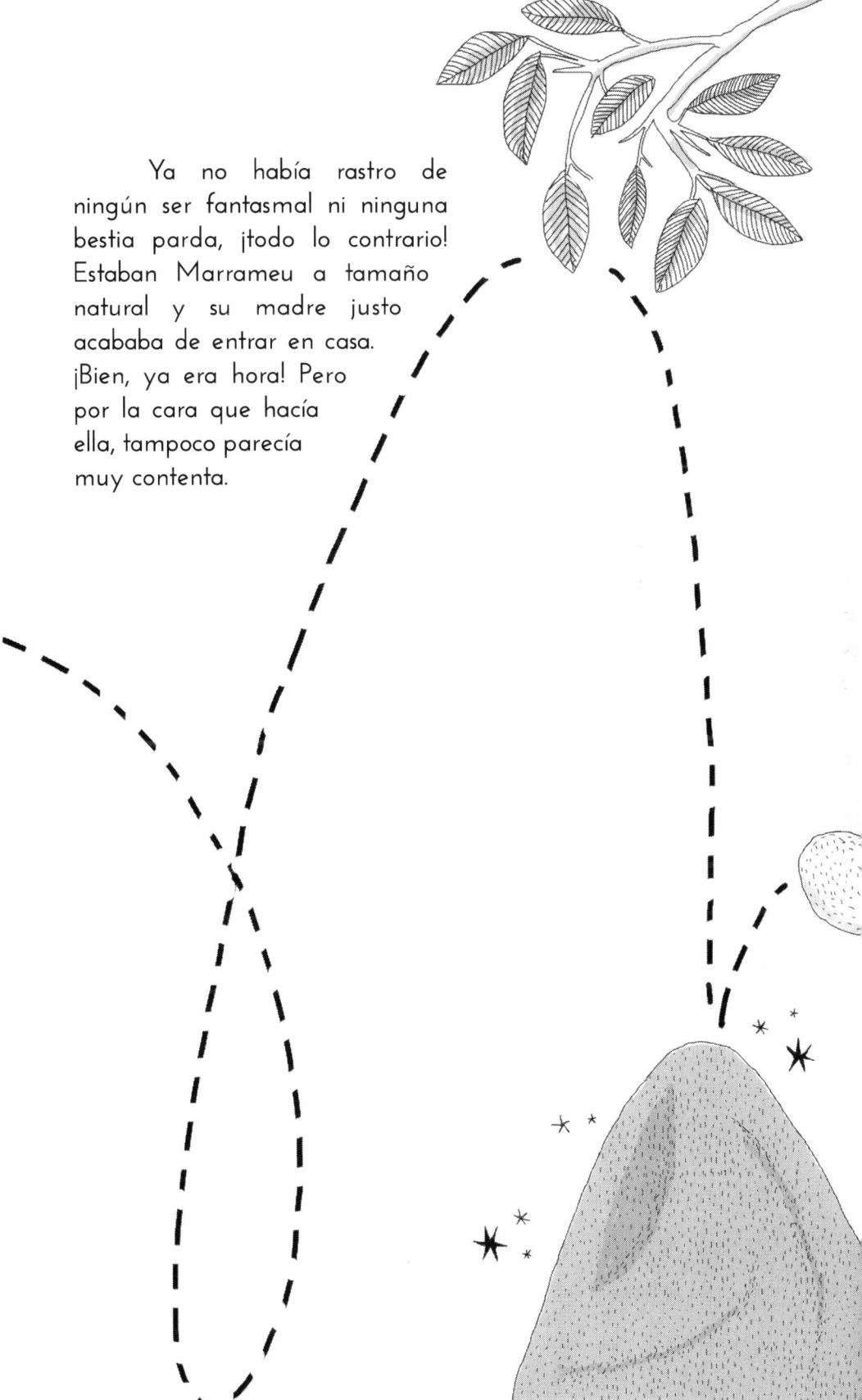

Ya no había rastro de ningún ser fantasmal ni ninguna bestia parda, ¡todo lo contrario! Estaban Marrameu a tamaño natural y su madre justo acababa de entrar en casa. ¡Bien, ya era hora! Pero por la cara que hacía ella, tampoco parecía muy contenta.

—¿Qué ha pasado en la cocina? —dijo incrédula — ¡¿Tenemos un tigre en casa ahora?!

—Pues casi —soltó Max con media sonrisilla.

—Max, ¿has sido tú?

—Ha sido mi culpa —confesó Ian—, mami, tenemos que hablar.

¿Diría Ian la verdad por primera vez? Como eso olía a conversación de adultos, Max entró para hacer otra cosa. Reflexionó sobre lo ocurrido y entendió que quizás él también se creía demasiado rápido todo lo que le contaban. Y cuando te crees demasiado las cosas te toman el pelo ¡A partir de ahora estaría mucho más atento!

Pensando en sus cosas, se fijó que en la mesa de la entrada había una caja que le resultó familiar. Como ya estaba abierta, la pudo examinar intrigado y sin hacer nada malo. Dentro había un pergamino que anunciaba: Gran Mapa Secreto del Universo. Pero antes de poder ojearlo a fondo, llegó su madre y se lo quitó de las manos.

—Cosas del trabajo, ya sabes.

¡Max se quedó con tres pares de narices! ¿Qué significaba eso? Pero lo mejor de todo fue que, a partir de ese laaargo día, su madre cambió los horarios en el trabajo para estar todas las tardes con ellos. Nadie sabe exactamente qué dijeron, pero Ian, al ser honesto por primera vez con su madre, consiguió que su mejor deseo se hiciera realidad.

Y así es como esta casa dejó de estar encantada.

LA PRIMERA FLOR DE LA PRIMAVERA

Un cuento para darle la vuelta a nuestra manera de relacionarnos con la naturaleza

Hace mucho, mucho tiempo... bueno no, en realidad no hace tanto, esto podría haber ocurrido perfectamente la semana pasada. Da igual, el caso es que esta historia empieza en un valle en medio de las montañas. Allí, escondido, había un pueblecito tan bonito que parecía sacado de un cuento de hadas.

Pero había una cosa que hacía que este lugar fuera especial: cada primavera, puntual como un reloj, nacían las flores más lindas del mundo. Cada veinte de marzo por la mañana, ¡**PLUF**! En un visto y no visto empezaban a salir por todas partes. Ni el diecinueve ni el veintiuno, era siempre el veinte de marzo. Flores azules, amarillas, rosas, rojas... ¡Hasta las había de colores mezclados! Su olor recordaba al de la miel y cada rincón de ese lugar quedaba pintado por sus pétalos. Gracias a este evento tan peculiar, el pueblo recibió el nombre de Villaflorida.

De hecho, la belleza de Villaflorida era muy conocida. Primavera tras primavera, personas de aquí y de allá se acercaban para comprar un ramo o, simplemente, hacerse una fotografía y almorzar algo en el restaurante. Durante esos días, el pueblo estaba tan lleno, que hasta en los callejones más estrechos se congregaban colas de turistas. Todo ese bullicio gustaba a algunos ciudadanos, y a otros, pues no tanto.

    Pero, agradecieran o no tanto alboroto, el inicio de la nueva estación era una fecha que los villafloridenses tenían señalada en el calendario. Todos ellos, de buena mañana, acudían a la gran maceta de la plaza mayor para poder ver la primera flor de la primavera. ¡Incluso era fiesta en la escuela!

Como en cualquier parte, en Villaflorida también había niñas y niños, pero había dos en concreto (dos hermanitos) que eran unos pillos. Se llamaban Lili y Dylan y, ¿cómo describir a este par de terremotos?

Lili

se diría que era una hiperactiva-perezosa. Eso significaba que para algunas cosas tenía la energía de un huracán y para otras la de un tronco. ¿Levantarse para ir al colegio? Era un tronco. ¿Madrugar para ir a la fiesta de la primavera? ¡Un huracán!

Dylan

en cambio, era muy diferente a ella. Un niño muy tranquilo y observador. Se podía pasar todo un día en silencio y por la noche soltar una extensa explicación sobre la vida de los escarabajos. Una criatura que, sin duda, no paraba de hacerse preguntas.

Como ya venía siendo habitual, Lili y Dylan fueron los primeros en pisar la Plaza Mayor. Quizás era demasiado temprano, ya que todavía no se divisaba ni un pétalo de color. Pero a ellos les daba igual, si no eran los primeros en llegar, luego no tendrían sitio para ver nada.

Poco a poco se acercaron todos los vecinos y se sentaron a esperar la primera flor de la primavera. Y pasaron los minutos, y luego más minutos, al final incluso pasaron las horas y se empezó a escuchar un cuchicheo.

El alboroto fue en aumento y para calmar los ánimos hizo acto de presencia el Señor Alcalde. Un señor un poco gris al que le gustaba vestir con un sombrero de copa muy pasado de moda. Activó un megáfono y se dirigió a la multitud.

¡QUERIDOS CONCIUDADANOS! TRANQUILIDAD, NO OCURRE NADA. LES RECOMIENDO QUE VUELVAN A SUS TRABAJOS ANTES DE QUE NO SE PRESENTEN LOS TURISTAS. LA PRIMERA FLOR NACERÁ DE UN MOMENTO A OTRO Y TENEMOS QUE ESTAR PREPARADOS. ¡TODO IRÁ BIEN!

Y todo el mundo volvió a sus tiendas, restaurantes y talleres. Solo Lili y Dylan se quedaron allí plantados. El hermano pequeño se rascó la barbilla un poco confundido.

—Hay algo que no me cuadra —dijo pensativo—, todo el mundo sabe que en este pueblo la primavera es puntual como un reloj.

—¿Quién sabe? —respondió su hermana —a lo mejor este año las flores se han cansado de nosotros.

—No digas tonterías. Esto no funciona así, lo leí en un libro.

—¿Sabes quién tiene muchos libros? ¡Moira!

—¿Moira? —dudó Dylan.

Moira era una profesora de la escuela ya jubilada que, casualmente, también era una estudiosa de renombre internacional con todo lo que tenía que ver con flores. Dylan propuso ir a verla, ya que sabía seguro que era de los pocos adultos que les harían caso.

Dicho y hecho, tomaron la calle de la subida para llegar a su casa-laboratorio. No estaba demasiado lejos, quizás a unos diez minutos andando arriba de una colina; pero hacía tanto calor, que los dos estaban sudando a los cuatro pasos.

—Uf... yo me paro aquí, no puedo más —refunfuñó Lili.

—¡Te lo dije! Esto no es normal, estamos a veinte de marzo ¡y parece veinte de agosto!

Lili, agotada, se sentó en una roca para reposar, pero en menos de cero coma dos segundos se puso de pie y corrió hacia el bosque como un torbellino.

—¡Mira, Dylan, mira! ¡Una rosa! —gritó emocionada.

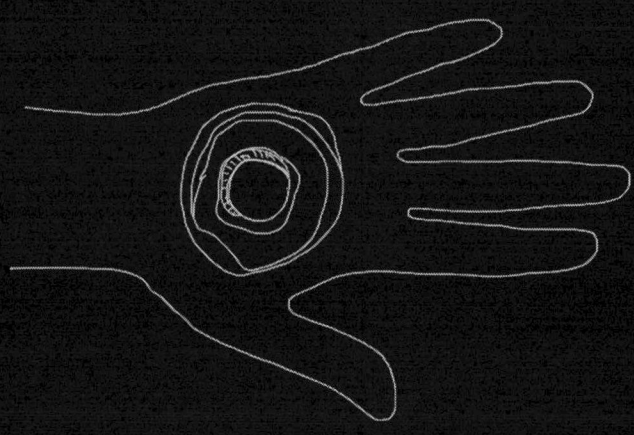

—Esto no es una rosa, Lili; ¡es una botella aplastada!

—Pero, casi, ¿no? —insistió su hermana.

El niño se llevó la botella a su mochila para tirarla al contenedor amarillo más tarde, pero de pronto se dieron cuenta que esa no era la única cosa allí tirada. ¡Estaba lleno de basura!

—¡Qué asco! —clamó bien alto Dylan.

Lamentablemente, la mochila era demasiado pequeña y no tenía ningún sentido ponerse a recoger todo eso solos. Así que, un poco entristecidos, terminaron de subir hasta arriba de la montañita, donde vivía la experta en flores.

Llamaron al timbre y no contestó nadie. Lo volvieron a intentar y al cabo de unos instantes la puerta chirrió. Detrás estaba Moira, equipada con sus enormes gafas de científica con las que veía grandes las cosas diminutas.

—VAYA, VAYA —dijo Moira —SI ES LA PEQUEÑA LILI, ¡CÓMO HAS CRECIDO! Y MIRA SU HERMANO, HACE CUATRO DÍAS ERA UN BEBÉ Y AHORA, OSTRAS, ¡MIDE TRES METROS!

—Disculpa —interrumpió Lili.

La niña le retiró sus gafas-lupa especiales y la científica se dio cuenta que en realidad no eran tan altos como pensó al principio. Se rio sola un buen rato por su despiste y, al final, les invitó a pasar. Nada más entrar, los chiquillos se quedaron maravillados, ¡qué de cachivaches! Todo era tan asombroso que se olvidaron por completo del motivo por el cual habían ido a visitarla.

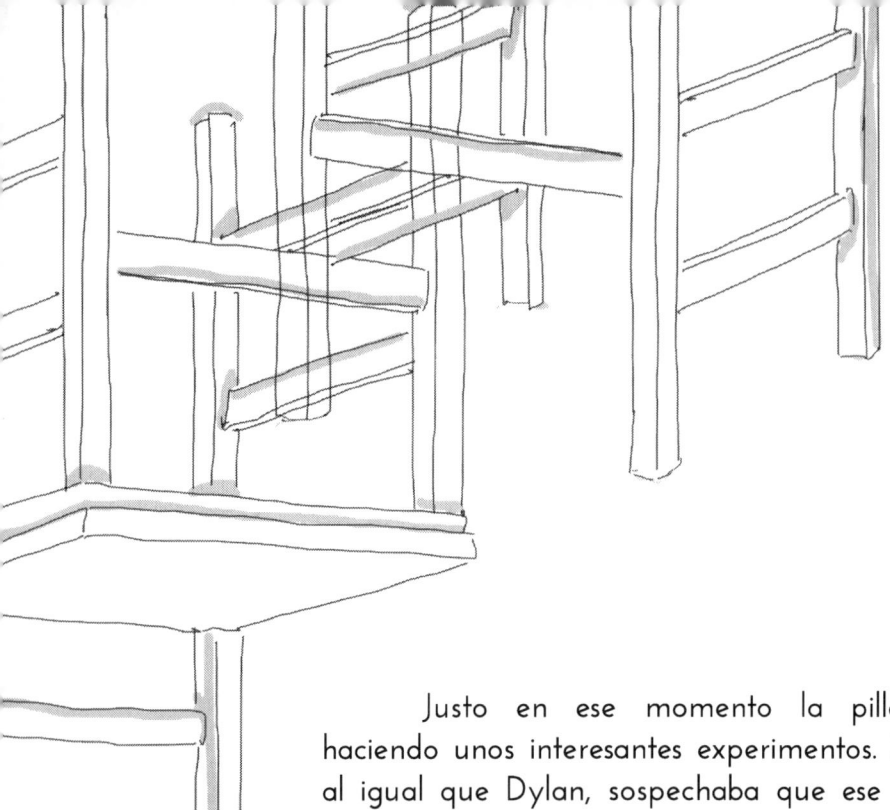

Justo en ese momento la pillaron haciendo unos interesantes experimentos. Ella, al igual que Dylan, sospechaba que ese año algo no encajaba del todo bien. Finalmente, los dos hermanos aspiraron aire y se prepararon para freírla a preguntas.

—¿Hemos pasado de invierno a verano? —empezó Dylan.

—Hace tanto calor que he sudado la gota gorda para llegar hasta aquí —se quejó Lili.

—¡Y no hay ni una flor en todo el valle! Solo basura por todas partes.

—Niños, mucho me temo que este año las estaciones se han vuelto locas. Los coches, la porquería en el bosque, las nuevas fábricas... ¡Es como si las flores se hubieran hartado de nosotros! —concluyó Moira.

—Te lo dije —le remarcó Lili a su hermano.

—¡Imposible! —le rebatió Dylan— leí en un libro que tienen que pasar años.

—Es que en Villaflorida tenemos un caso muy especial —añadió la maestra—. Es un lugar muy sensible a estos cambios.

A Dylan se le quedaron los ojos como platos, pero no había duda, ¡los rigurosos estudios de Moira así lo demostraban! El problema era que no existía una solución mágica y por ahora solo podían hacer una cosa: **DEJAR QUE LA NATURALEZA SE TOMARA UN MERECIDO DESCANSO.** Era de vital importancia avisar al Señor Alcalde, y a todos, antes de que fuera demasiado tarde. Para no perder ni un segundo, Moira los retó a una carrera, a ver cuál de los dos era el primero en alcanzar la plaza.

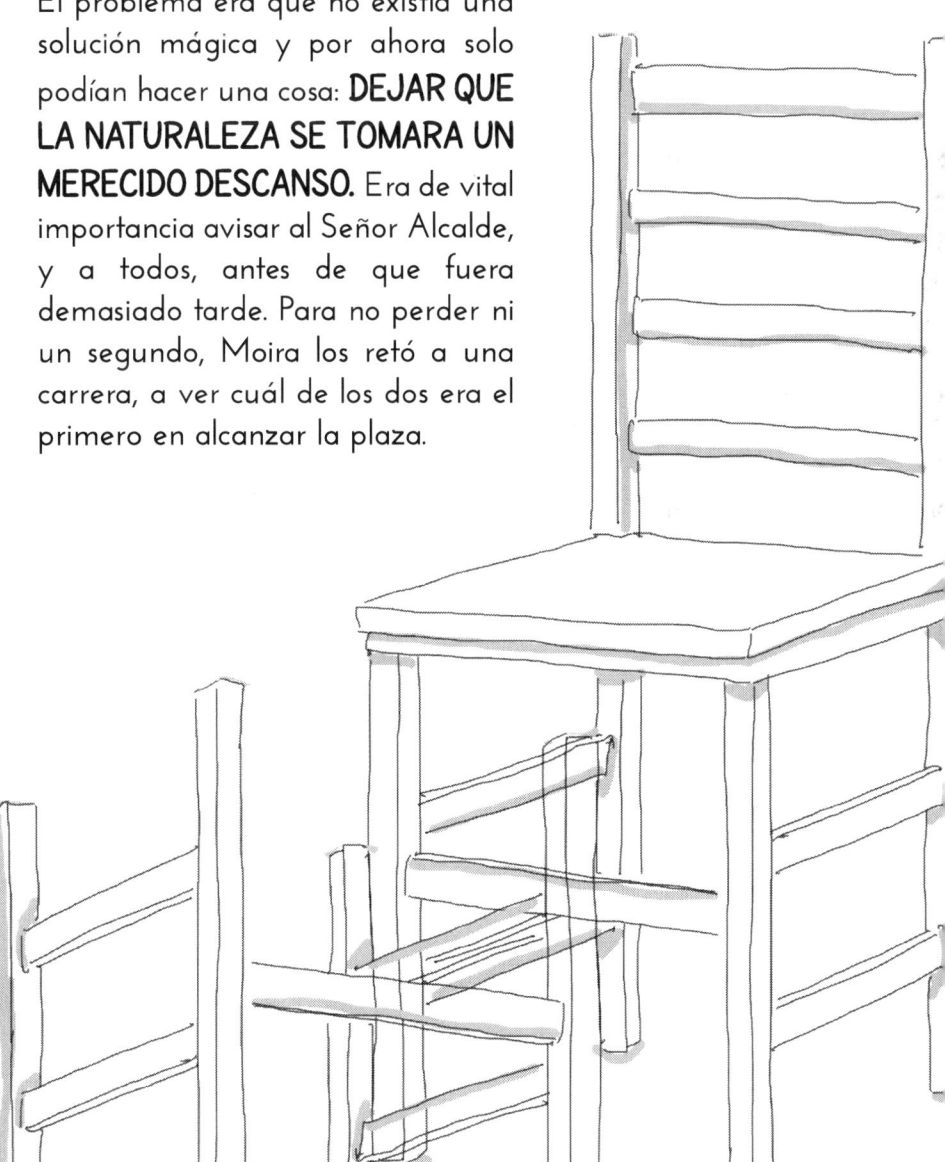

Ganó Lili, pero contando que era cuatro años mayor que su hermano, tampoco se consideró una victoria sorprendente. De todos modos, en la plaza no quedaba nadie. Solo una niñita que no dejaba de observar la maceta.

—Hola —se presentó Dylan.

Pero la niña ni mu, estaba concentradísima con lo suyo.

—¿Sabes dónde han ido todos los adultos? —continuó el niño.

Pero parecía que se le había comido la lengua el gato. Lili le pasó la mano por delante de la cara para comprobar si dormía con los parpados abiertos, pero ella le apartó el brazo de delante.

—¿No veis que estoy ocupada?

Y la niña siguió mirando

insistentemente esa maceta vacía.

—¿Ocupada? ¿Haciendo qué? —dudó Lili.

—Estoy alerta por si sale la primera flor de la primavera. Soy una persona con responsabilidades. ¡El mismísimo Señor Alcalde me lo ha pedido en persona!

—¿El Señor Alcalde? ¿Dónde está ahora? —Para Dylan era muy importante dar con él.

—¿Qué no lo sabéis? Todo el mundo está en el ayuntamiento, ¡han convocado una reunión de emergencia!

Como no había tiempo que perder, los dos hermanitos se fueron allí como un rayo.

—¡QUERIDOS CONCIUDADANOS! SÉ QUE ANTES HE DICHO QUE TODO IRÍA BIEN, PERO QUIZÁS NO ES DEL TODO CIERTO... LA VERDAD ES QUE NOS ENCONTRAMOS ANTE LA PEOR CRISIS QUE HA VIVIDO ESTE PUEBLO. SON YA LAS ONCE DE LA MAÑANA Y NO HA APARECIDO NI UNA FLOR... Y SIN FLORES, NO HAY TURISTAS. Y SIN TURISTAS, NO HAY DINERO...

El hombre casi se desmaya al pronunciar estas palabras, pero se recompuso para seguir con su discurso.

—POR ESO, OFRECERÉ UNA GRAN RECOMPENSA AL QUE CONSIGA QUE EL DINERO NO SE VAYA.

La sala del ayuntamiento se llenó de murmullos; ¡todos querían la recompensa! Pero ningún vecino se atrevía a hablar. Finalmente, un chico con barba y una camisa con palmeras estampadas levantó la mano.

—¡Yo tengo una idea! —exclamó el barbudo.

De pronto se sacó del bolsillo unas gafas muy estrambóticas y se las puso.

—¡Gafas de realidad virtual! Las regalaremos y haremos creer a todo el mundo que el valle está tan florido como siempre.

—Me gusta tu energía joven. ¿Puedes subir al escenario para explicarte mejor? —le propuso el alcalde.

El chico se levantó, pero con esas gafas era incapaz de ver la realidad real y se cayó de morros al suelo.

—Un aplauso para el joven ¿Alguien más tiene una idea? —El alcalde se empezaba a impacientar.

—Yo tengo una —dijo una misteriosa mujer de negocios cargada con un montón de carpetas.

Se levantó y se dirigió al micrófono para explicar su propuesta a todo el mundo. Abrió sus carpetas y desplegó un gran cartel que anunciaba: ¡Villaflorida 360° ¡Más resolución que la naturaleza de verdad!

—¡Me encanta, me encanta! —El Señor Alcalde aplaudía de la emoción.

—Si nos proporciona el dinero, esta misma tarde nuestra empresa puede montar unas pantallas panorámicas con imágenes de flores por todo el valle. Así nadie notará nada.

—¡No se hable más! —dijo el Señor Alcalde.

—¡ALTO! —chilló una vocecita.

¡Eran Lili y Dylan! Los dos hermanos

se apresuraron a subir al escenario para atraer la atención del público.

—¡No os dais cuenta de que esto es de locos! —gritó Dylan a viva voz— ¡Si ponéis eso, los árboles de verdad se quedarán sin luz y será todavía peor!

—Los árboles ocupan mucho espacio y además gastan mucha agua. Poner pantallas es mucho más ecológico —argumentó el alcalde—, venga, ya podéis iros.

—¡Escuchad! —Lili también quería hacer su aportación— nosotros traemos la solución de verdad.

Y se hizo con el micro y explicó a todo el mundo como las flores se habían cansado de ellos. Villaflorida era un lugar muy bonito, sí, pero también muy frágil. Si querían mantenerlo vivo y lleno de colores tendrían que darle una pausa. Y el primer paso era explicárselo a los turistas y pedirles que volvieran otro año. Al terminar su discurso, los villafloridenses no sabían si aplaudir o no. Uno tosió.

—Gracias por tu aportación niñita, pero queremos que la gente se quede, ¡no que se vaya! Venga, id a vigilar la maceta, que nosotros tenemos trabajo.

Nadie les hizo caso y todo el pueblo se fue a trabajar para poner esas pantallas mastodónticas por todas partes. ¡No tardaron ni diez minutos en llenar el valle de grúas! ¡Qué feas que quedaban!

Lili y Dylan volvieron a la plaza con la esperanza que hubiera nacido una flor y esa locura se terminara para siempre. La niña, que observaba, seguía allí y, según ella, no había ninguna novedad destacable. Harta de vigilar, se fue y traspasó su responsabilidad a los dos hermanos. Pero ¿qué podían hacer ellos? No solo no iban a dejar descansar a la naturaleza, ¡iban a ponerle pantallas! Y justo en ese momento apareció una pareja que venían con muchas ganas de comprar una rosa. Pero como no encontraron ninguna tienda abierta, se acercaron a los pequeños un poco intrigados.

—Hola, ¿Estamos en Villaflorida, verdad? —preguntó ella.

—No, estáis en Villasinflorida —rechistó Lili.

—Sí, lo estamos —contestó más educadamente Dylan—, pero la naturaleza ha cerrado por vacaciones.

—Sí, así que, adiós. —Lili terminó la frase sacándoles la lengua.

Y la pareja se fue de allí un poco decepcionada y con las manos vacías.

—¡Un momento! —A la niña se le encendió la bombilla— ¡Yo sé dónde hay una flor!

—¡No digas tonterías! —respondió enfadado Dylan.

Y su hermana le abrió la mochila y de dentro sacó la botella de plástico que encontraron en el bosque. Quizás no parecía una rosa exactamente, pero si se arrugaba por allá, se le daba la vuelta al tapón y se doblaba por acá... ¡con cuatro truquillos que había visto en internet Lili consiguió algo increíble! Rápidamente atrapó a la pareja de foráneos para regalarles su creación y ellos la aceptaron gratamente. Luego volvió con su hermano frotándose las manos y con

una sonrisilla.

—Jijiijij se lo han creído.

Aunque pudiera parecer una travesura, eso dio una fantástica idea a Dylan. Pero para llevarla a cabo necesitaban la ayuda de Moira y todos los que estuvieran en contra de las giga-pantallas.

Y así, todas las niñas y niños de Villaflorida, sus padres y la antigua profesora, se fueron al bosque a recoger tantos plásticos como pudieron. Mientras unos separaban correctamente los residuos los otros fabricaban las flores recicladas.

Al lado de la maceta de la plaza, montaron un tenderete en el que obsequiaban con sus creaciones a todos los curiosos que se acercaban. Allí, Moira les explicaba el gran problema que tenían y cómo, por ahora, lo mejor era dejar respirar a Villaflorida. De este modo, los visitantes se llevaron un bonito recuerdo reciclado y nunca olvidaron cómo de importante era cuidar del entorno. ¡Y no se conformaron con eso! Al descubrir el absurdo plan del Señor Alcalde, fueron a abuchearle.

—¡Buuu! ¡Fuera, fuera! —le gritaron primero los forasteros.

—¡Buuu! —le gritaron los chiquillos después.

—¡BUUU! —le gritó todo el mundo al final.

El Señor Alcalde no sabía qué hacer ¿Y si no lo volvían a votar nunca más? Al pobre le entró un ataque de pánico y decidió cancelar su plan por ley. ¡Las grúas y las pantallas abandonaron el pueblo para siempre! Y, al igual que sus conciudadanos, él también se puso a reciclar y a hacer flores (o como mínimo estuvo el tiempo suficiente para hacerse una foto).

—Vuestro plan no ha salido nada mal, ¿eh? —confesó Moira a Lili y Dylan.

—Ya pero, ¿y la primera flor de la primavera? —le preguntó inocentemente Dylan.

—Tristemente este cuento todavía no tiene final —concluyó la científica.

—¿Sabéis qué? Yo sí que necesito un merecido descanso. —Bostezó Lili.

Después de una larga jornada llena de aventuras se fueron a dormir con la sensación que todavía quedaba mucho trabajo por hacer. Y aunque a la primera flor de la primavera no se le vio el pétalo en mucho tiempo, a partir de ese día en Villaflorida fue tradición regalar una flor reciclada para celebrar la nueva estación.

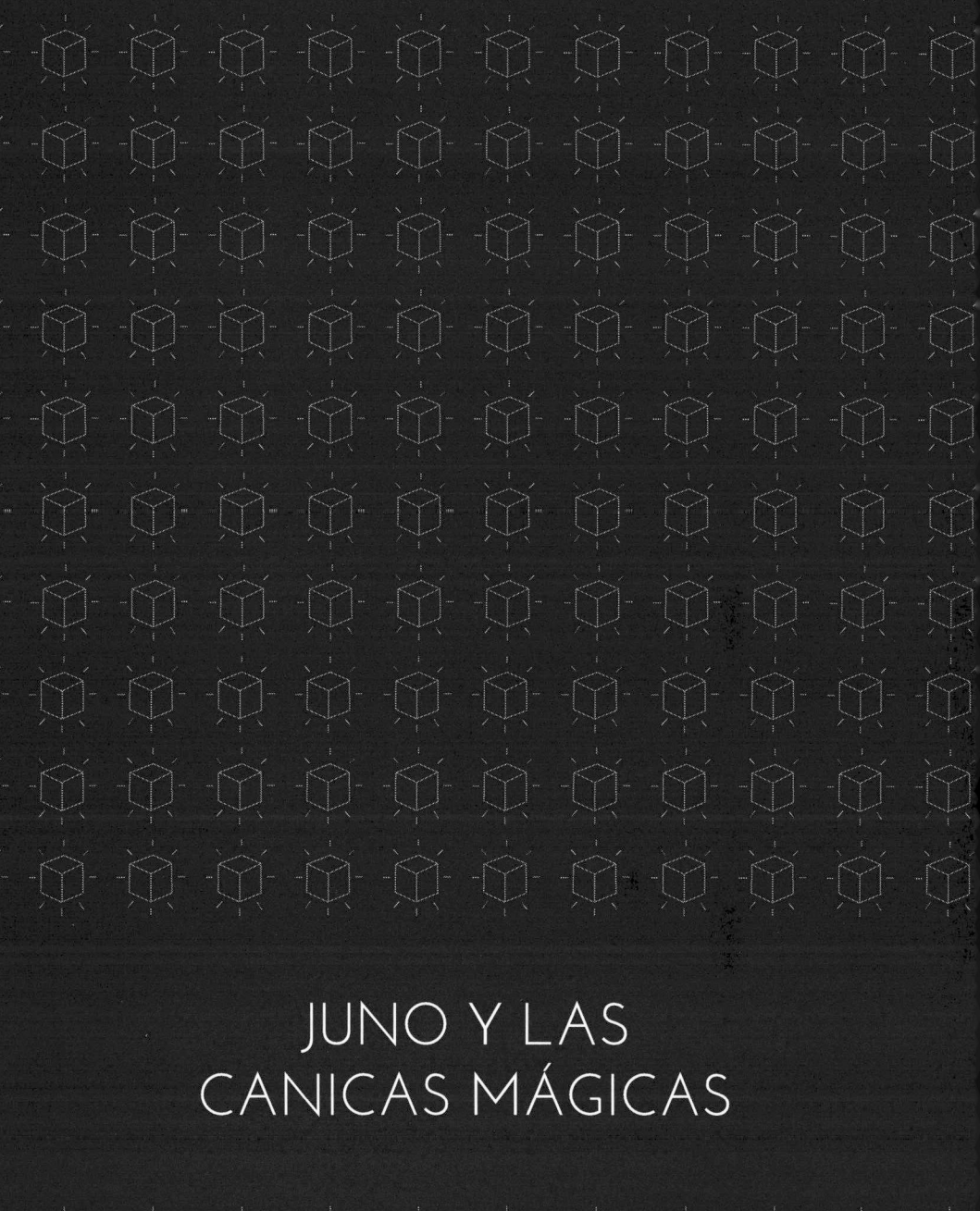

JUNO Y LAS CANICAS MÁGICAS

Un cuento para darle la vuelta a las imposiciones
que no dejan expresar nuestras diferencias

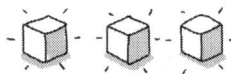

¿Recuerdas la fecha de tu cumpleaños? ¿Verdad que sí? Pues cuando Juno cumplió los ocho no lo olvidó nunca. ¡Fue un día excepcional! Ya que no solo sumaba un nuevo año, también era su primer día en una escuela nueva de la ciudad. ¿Le caería bien a sus compañeros? ¿Cuándo les diría que hoy era su cumpleaños? ¿Seguiría estando de moda hacer la vertical? Cualquier otro estaría un poco nervioso, pero Juno era diferente. Todo le hacía ilusión y siempre sonreía.

Su padre, un artista sin demasiada fortuna, no tenía mucho dinero y tuvo que mudarse de un lindo pueblo a una gran ciudad en busca de nuevas oportunidades. Que Juno recordara, ¡era la tercera vez en su vida que se mudaban! Pero, pese a que cambiar de casa era siempre un lío, su padre encontró tiempo para prepararle una sorpresa a su hija. Una muy especial.

Ya eran las ocho y cuarenta y solo faltaban veinte minutos para que sonara el timbre de la escuela. Juno esperaba en la entrada junto a su padre, pero como estaba todo rodeado por una valla metálica, no lograba ver el patio.

¿Qué sería todo ese griterío? La niña se imaginó un recreo gigante, lleno de diversiones para hacer el mono y todo lo que le gustaba. Mientras tanto, su padre, de dentro del bolsillo, se sacó un saquito cerrado con un bonito lazo azul.

—FELICIDADES —dijo él.

A Juno se le pusieron los ojos como platos. Como era su cumpleaños y también su primer día en el colegio, no esperaba nada hasta la tarde (¡por lo menos!). ¡Eso sí que era una sorpresa! Rápidamente se hizo con la bolsa y deshizo el nudo, pero lo que había dentro la dejó un poco perpleja.

—¿Dados? ¿Qué es? ¿Un juego de mesa? —preguntó ella con curiosidad.

—No, qué va, son canicas —le confirmó su padre.

—¿¡Canicas?! Pero si las canicas son redondas, ¡de toda la vida!

—Es que aún no te lo he contado todo —dijo él con aires de misterio—, son cuadradas porque son diferentes y mágicas.

—¿Mágicas? —repitió ella pasmada.

Juno se rascó la cabeza para tratar de entender eso. En la otra escuela había echado

muchas partidas a las canicas y, de hecho, era bastante buena. Pero no tenía demasiado claro si ganaría con esos cubitos.
—Ya verás que con ellas harás muchos amigos.

La niña lo miró un poco incrédula. Su padre siempre ingeniaba sorpresas de aniversario un poco diferentes. Nunca eran juguetes que anunciaran en la televisión ni nada de eso. Los hacía él con sus utensilios de artista. A decir verdad, siempre afirmaba que eran cosas mágicas, pero después no lo eran tanto. Pese a las dudas, ¿a quién no le gusta recibir un regalo antes de tiempo?
—Muchas gracias, papá —le dijo ella con una gran sonrisa.
—Venga va, que se hace tarde.

Y Juno entró al patio con sus canicas cuadradas y dispuesta a hacer muchas amistades.

Pero ese lugar no era como se lo había imaginado por lo que había oído desde fuera. Ni balancines, ni toboganes;. había un gran rectángulo de cemento gris con unas rayas pintadas. Un montón de niños corrían de aquí para allí, mientras le daban puntapiés a una pelota.

Juno casi recibe un balonazo, pero por suerte rebotó en el suelo antes de hacerlo en su cabeza.
—¡Tú! ¡Date el piro! —ordenó uno de los chicos que se entretenía con eso.

Sin entender muy bien qué ocurría, la niña cruzó todo el campo mientras esquivaba jugadores y pelotas que volaban por todas partes. Finalmente logró ponerse a salvo, justo al lado de una pared dónde había una papelera. Respiró hondo un momento, pero su tranquilidad duró poquísimo. Un niño y una niña, aparecidos de la nada, irrumpieron en escena

—¡Quién osa entrar en nuestro territorio! —alertó él.

—Hola, me llamo Juno —respondió inocentemente la cumpleañera.

—Esta mocosa no sabe quién somos —soltó la otra niña.

—Pues no, es mi primer día en este cole. Lo siento.

—¡Yo soy la Capitana Destellos!

—¡Y yo Gummo!

—¡Y somos miembros de la Pandilla Cosquilla! ¡Los más fuertes del recreo! —gritaron al unísono.

Terminaron su frase en una posición heroica y marcando músculos. Después de esta presentación, Juno aplaudió.

—No tienes que aplaudir, ¡se supone que damos miedo! —se quejó la Capitana.

—Disculpad—Juno fingió que le temblaban las piernas—. ¡Uuuuu! ¿Así mejor?

—Te recomiendo que NO te rías de la Capitana Destellos. ¡Tiene ocho años y medio y es super buena con las canicas!

—¿Canicas? ¡QUÉ BIEN! ¡Mirad que tengo!

Y, con toda la alegría del mundo, Juno les enseñó la súper sorpresa que le hizo su padre. Los de la Pandilla Cosquilla se quedaron mudos, hasta que explotaron a carcajadas.

—Esta ha perdido un tornillo. ¡Esto no son canicas! —se mofó la Capitana.

—Sí, sí lo son —respondió Juno.

—No sé quién te ha dado esto, pero te ha tomado el pelo —siguió ella.

—¡Son canicas y además son mágicas!

—Te digo yo que no son mágicas.

—Sí lo son.

—No, ¡no lo son!

—Te reto y ya lo verás.

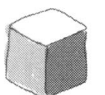

—Tú no sabes dónde te estás metiendo —vaciló el niño— ¡Capitana Destellos lleva trescientas partidas perder! Contra mi, claro —terminó la frase muy rápido.

—Hagamos un trato: si pierdo, no me veréis más el pelo por aquí.

—Hecho. —La Capitana aceptó con un apretón de manos.

Se sentaron y dibujaron un círculo en el suelo para jugar y ¡ocurrió algo increíble!

—¡Te ha ganado, te ha ganado! —Gummo no se lo podía creer.

—¡Reunión de emergencia de la Pandilla Cosquilla! —anunció la Capitana.

Y el niño y la niña hicieron un corrillo para que nadie los escuchara.

—Capitana, Capitana, ¡te ha ganado! ¿Crees que son mágicas de verdad?

—Puede ser; es la única explicación, yo nunca pierdo —dijo con el orgullo herido.— ¿Qué hacemos? ¿Renunciarás como Capitana?

—¡JAMÁS! Solo podemos hacer una cosa.

—¿Machacarla?

—¡NO! ¡Aceptarla como miembro honorífico de la Pandilla Cosquilla!

—¿Honorífico? Yo no soy honorífico —se lamentó el niño.

—Si se une a los nuestros, nadie sabrá que me ganó. ¿Lo entiendes?

—¿Qué? ¿Son mágicas o no? —Juno sacó la cabeza en la reunión.

—Mmm ¡Sí, sí! ¡Claro que lo son! De hecho, hemos quedado tan impresionados que a partir de ahora mismo puedes formar parte de nuestra pandilla, ¡como miembro honorífico!

«¡Caramba!» pensó Juno, sí que debían ser mágicas, sí, nunca había hecho amigos **TAAAAN RÁPIDO**.

—Ven, que te enseñaré los dominios de la Pandilla Cosquilla —dijo solemnemente Gummo.

Se dio la vuelta y señaló la papelera.

—De aquí hasta donde te alcanza la vista, ¡es nuestro!

Juno achinó los ojos para ver mejor.

—Tranquila, he hecho un mapa para orientarnos.

—Vaya, espero no perderme —contestó Juno un poco apenada.

—¿No lo sabes? En este patio solo se juega con el balón —dijo la Capitana.

—¿Con el balón? ¿Solo?

—Claro, ¡es lo que hace todo el mundo!

—¿Y por qué no lo hacéis vosotros?

—No nos gusta, mira tú por dónde.

—A mí no se me da muy bien —reveló el niño.

—¿Y qué hacéis los demás?

—Pues ya ves, buscarnos la vida por los rincones, ¡por eso es tan importante proteger el territorio de la pandilla!

A Juno le pareció una gran injusticia, pero antes de poder dar su opinión, sonó el timbre de la escuela para anunciar que las clases empezaban.

Y pasaron las horas, quizás dos o así, y la campana sonó de nuevo. Esta vez para decir que era la hora del recreo. Los chiquillos salieron como una estampida para ir a pasarlo bien. Los de la pelota enseguida conquistaron todo el patio y el resto de niñas y niños se escondieron por las esquinas.

TERRITORIO PANDILLA COSQUILLA

LA PARAS

La Pandilla Cosquilla se apresuró a ir al lado de la papelera para tener un poco de espacio en el que pasarlo bien. Pero, para su desgracia, su territorio era más diminuto que a primera hora. Los que chutaban balones habían instalado una nueva portería hecha con dos mochilas. ¡Ahora ni siquiera podían poner sus canicas en el suelo!

—Vaya, ha vuelto a ocurrir —dijo Gummo mientras rompía un trocito de su mapa.

—¿Por qué no se lo decimos a la profesora? —argumentó Juno.

—Si mira, ¿y ser una chivata tu primer día? ¡Ese NO es nuestro estilo!

—¡Entonces plantaremos cara! —se emocionó la niña nueva.

—¡Alucinas lechuguinas! Huiremos a otro lado —aseguró Gummo.

Y fueron a dar una vuelta por los alrededores del campo de cemento, a ver si encontraban otro lugar para plantar sus canicas. A un lado encontraron a dos niñas que se tocaban la espalda la una a la otra.

—Están jugando al pilla pilla, pero como tienen menos de un metro para correr, las partidas son muy cortas —explicó la capitana.

LA PARAS TU

Y caminaron unos pasos más hasta unos arbustos.

—SHHHHHHHHHHHHHHHHHHH

—susurró Gummo — esta es la zona del escondite.
Disimula, como si no las vieras, que luego se enfadan.

Anduvieron un poco más hasta que alcanzaron una fuente. Allí había dos niños que hacían pastelillos de barro.

—Aquí se hacen los mejores pasteles del recreo, pero como últimamente han puesto una portería en el arenero, solo tienen un ingrediente: agua.

¡OH NO! ¡SE HA VUELTO A EVAPORAR!

OTRO PEDIDO CANCELADO

Después de dar toda la vuelta no encontraron ni un centímetro donde poder jugar a las canicas como ellos querían. Así que volvieron a su pequeño territorio, que todavía era más microscópico que la última vez que estuvieron. ¡Alguien había colocado otra portería! ¿Pero cuántas se supone que necesitaban?

¿A QUE JUGAMOS?

Y al cabo de las horas, si no te gustaba el colegio dirías que pasaron mil o más. El caso es que por fin sonó el **«¡RING!»** que traducido significaba: ¡suficiente estudio por hoy! Y, otra vez, las niñas y los niños salieron en tromba. Y, otra vez, los que le daban al balón volvieron a apoderarse de tooooodo el patio. ¡Incluso al acabar las clases seguían allí! ¿Cómo se lo hacían?

—¿Te has vuelto majareta? Los de la pelota son los reyes de este sitio. Nadie les puede decir nada, ¡nunca! —le recordó la capitana.

—Me da lo mismo, tengo mis canicas mágicas.

—No, ¡no son mágicas!

—Sí, sí lo son, tú misma lo has dicho antes.

—No quería admitir que había perdido contra eso —reconoció ella.

A Juno no le afectaron esas palabras y se dirigió al medio del campo con sus canicas cuadradas.

—Los del balón, ¡escuchad un momento! —espetó a pleno pulmón.

Pero nadie le hizo el más mínimo caso. Todos seguían igual, corriendo de allí para allá con la pelota en los pies. Y al ver eso, Juno tuvo una idea: ¡agarrarla con las manos! ¡Eso estaba prohibidísimo en el juego de chutar el balón! «¡Manos!» chillaron unos, «¡Penalti!» soltó otro, «¡No, está fuera del área!» contestaron más lejos. La confusión general hizo que el partido se interrumpiera.

—Genial, ahora, ¡escuchad! —empezó Juno.

—Tú, ¡devuélvenosla! —le amenazó uno que vestía una camiseta a rayas.

—¡No! ¡Los demás también necesitamos espacio!

—No seas renacuaja tú. Chutar la pelota es lo que hacen todos. Hablan de ello todo el día, a todas horas, en todas partes. Si quieres triunfar en la vida tienes que chutar la pelota. Y el que no quiera triunfar, que se aparte.

—¡Ya está bien de apartarnos! No es justo que nos tengamos que conformar con una esquinita. Jugar es nuestra manera de ser quién somos. Y sin espacio no podemos ser nosotros mismos.

—A mí no me marees con tus discursitos. Busca otro sitio y pon un cartel que diga: "llorería"

—¡No quiero hacer carteles! ¡El patio es de todos!

—Muy bonito, ¿me devuelves la pelota ya?

—¡Ya lo tengo! ¡Te la devolveré si me ganas a las canicas!

—¿A las canicas? ¿Todavía se juega a eso? —se mofó él.

—¿Tienes miedo?

—Muy bien, pero como no tengo usaré la pelota —contestó él.

—Me da lo mismo —respondió—, yo usaré las mías que son mágicas.

—¡Juno, no! —le advirtió la Capitana Destellos.

Pero ella no la escuchó y lució

sus flamantes canicas cuadradas. Todo el mundo contuvo la respiración y nadie se atrevió a decir nada.

—Me das pena. Esto son unos dados pintados —dijo el chico entre carcajadas.

—Son canicas y son mágicas. Mi padre me las ha dado por mi cumpleaños.

—¿Es tu cumpleaños? — se sorprendió la capitana.

—¡Sí!, pero me daba un poco de vergüenza decirlo —confesó ella.

—Pues aquí tienes mi regalo renacuaja —se metió el chaval en la conversación—: tu padre te ha engañado.

—Eso ya lo veremos—respondió ella convencida.

Colocaron la pelota y el cubito en el círculo central y se prepararon para la partida. El patio entero los miraba con expectación, era claramente una partida muy desigual. El chico tomó carrerilla y...

Juno casi llora, pero consiguió aguantar las lágrimas.

Y Juno se levantó en silencio para recoger su dado, que había salido disparado hasta la otra punta del patio. Mientras se alejaba entristecida, pensó que nunca encontraría su lugar en este recreo ya que era diferente a los demás. Pero de pronto se frenó y vio como la Capitana Destellos y Gummo no se habían movido ni un ápice, ¡no tenían ninguna intención de irse!

—¡He dicho que fuera! —el chico empezaba a perder los nervios.

Poco a poco toda la escuela imitó a los de la Pandilla Cosquilla y se

quedaron quietos como estatuas. Las del pilla pilla y las del escondite, los pasteleros, ¡todos se unieron a ellos!

¡FUEEEEEERA! —repitió el chico enfurecido.

Pero nadie reaccionaba a sus órdenes. Al final, ¡hasta los del balón se quedaron parados! Las palabras de Juno les llegaron al corazón. Daba igual si sus canicas eran cuadradas, si había ganado o había perdido, ¡el patio era de todos! A Juno, esta vez sí, se le saltaron las lágrimas, ¡pero de felicidad! **¡MENUDA SORPRESA DE CUMPLEAÑOS!**

Y desde ese día el recreo cambió muchíiiiiisimo. Se descubrió que algunas porterías eran columpios y toboganes, ¡una pasada! Los dominios de la Pandilla Cosquilla eran tan extensos que Gummo necesitó media hoja para hacer su mapa. Las del escondite encontraron mil cobijos y ahora las partidas al pilla pilla podían durar tres días.

Además, los que hacían pasteles triunfaron tanto que abrieron una cadena de restaurantes. Por suerte, para la Capitana Destellos, las canicas se volvieron a poner de moda y demostró que seguía siendo de las mejores. Y como ahora todos las querían de formas diferentes, ¡el padre de Juno tuvo trabajo durante mucho tiempo!

¿Y Juno? ¡Pues jugó a todo y más! Y aunque cueste de creer, un día probó de chutar un balón y se le dio tan bien que se apuntó al equipo del barrio para marcar muchos goles.

Made in United States
Troutdale, OR
09/20/2023